INÁCIO
O CANTADOR-REI DE CATINGUEIRA

ARLENE HOLANDA

ilustrações ALEXANDRE TELES

GAIVOTA

SÃO PAULO – 2014

TÍTULO Inácio, o cantador-rei de Catingueira
COPYRIGHT © Arlene Holanda
COPYRIGHT ILUSTRAÇÕES © Alexandre Teles
REVISÃO Elisa Zanetti e Eugênia Souza
CAPA E PROJETO GRÁFICO Marina Smit
COORDENAÇÃO EDITORIAL Elisa Zanetti – Editora Gaivota

1ª edição – 2014

DADOS INTERNACIONAIS DE CATALOGAÇÃO NA PUBLICAÇÃO (CIP)
(CÂMARA BRASILEIRA DO LIVRO, SP, BRASIL)

Holanda, Arlene
Inácio, o cantador-rei de Catingueira / Arlene
Holanda ; ilustrações Alexandre Teles. --
1. ed. -- São Paulo : Editora Gaivota, 2014.
ISBN 978-85-64816-45-9
1. Ficção biográfica brasileira 2. Negros -
Brasil - História I. Teles, Alexandre. II. Título.

13-09033   CDD-869.93

Índices para catálogo sistemático:
1. Romance biográfico : Literatura brasileira 869.93

Edição em conformidade com o acordo ortográfico
da língua portuguesa.

TODOS OS DIREITOS DESTA EDIÇÃO RESERVADOS
À EDITORA GAIVOTA LTDA.
Rua Coronel José Eusébio, 95 – Vila Casa 119-A
Higienópolis – CEP 01239-030
São Paulo – SP – Brasil
Tel: (11) 3081-5739 Fax: (11) 3081-5741
E-mail: gaivota@editoragaivota.com.br
Site: www.editoragaivota.com.br

A reprodução de qualquer parte desta obra é ilegal
e configura uma apropriação indevida dos direitos
intelectuais e patrimoniais do autor.

INÁCIO

O CANTADOR-REI DE CATINGUEIRA

AVISO AOS LEITORES-NAVEGANTES

Inácio nasceu no povoado de Catingueira, no século XIX, e tornou-se um cantador-rei no sertão da Paraíba. Quando nasceu? Quando morreu? Quais as datas exatas? Devo adiantar que para esta história isso não tem muita importância. Importa o que ele viveu. Escravizado, Inácio atuou como "negro de ganho" numa atividade bem pouco comum: de pandeiro na mão, fazendo verso afiado, envolvendo-se em memoráveis pelejas que o tornaram lenda no sertão nordestino.

E por falar nesse assunto, o que é lenda? O que é história? Onde começa uma e acaba a outra? Quais versos saíram da boca de Inácio, quais deles o povo recriou, acrescentou sua pitada de tempero, nesse mágico caldeirão da tradição oral?

Avisar se faz necessário: essa é uma biografia romanceada! Não me peçam provas documentais, certidões. É uma escrita sobre possibilidades, sobre o que poderia ter sido, guiada pelo fino condão da oralidade e pelos parcos registros existentes, como um barco em noite escura, adivinhando caminhos.

Como teria vivido esse menino-escravo, nas terras de uma vila da Paraíba, ocupada por truculentos bandeirantes-fazendeiros, oriundos da Casa da Torre? O que teria despertado nele a arte de versejar, de duelar com os melhores de seu tempo, gravando seu nome em versos que as pessoas continuaram a repetir de boca a boca?

Uma estrela negra brilha lá em cima, dando uma luz, desafiando-me a recontar a história de um escravizado que escreveu sua própria história, assim como outros tantos cantadores negros do nosso Brasil. Uma história que traz a lume histórias negadas, escamoteadas, apagadas pelo racismo e pelo preconceito e que agora querem vir à tona, como um rio que transborda, fertilizando as terras às suas margens.

SUMÁRIO

9   O povoado de Catingueira

17   A fazenda Bela Vista, Catarina e o menino Inácio

25   Entre jongos e repentes

33   A peleja com seu Romano

51   De como Inácio virou lenda na boca do povo

59   Textos complementares

O POVOADO DE CATINGUEIRA

Era uma vez um vale de natureza exuberante, circundado por serras, cortado por rios e riachos. No período de chuvas vestia-se de verde e cobria-se de flores da mais rara beleza: do rosa do ipê ao amarelo-ouro da catingueira. Caça e frutos silvestres encontravam-se com fartura: pitomba, juá, quixaba, umbus, pacas, tatus, veados, nambus...

No verão, a mesma paisagem pintava-se de tons de ocre e cinza, mas era igualmente bela. É certo que as fontes de alimento minguavam, mas havia ali a riqueza dos olhos-d'água, fios de prata escorrendo entre pedras, despencando em tênues cascatas do alto das serras.

Essas terras – que não tinham os nomes que têm hoje – eram as terras de povos guerreiros pertencentes à grande nação Cariri, entre eles, Coremas e Panatis. Ali viveram, lutaram e resistiram, bravos como o cacique Piancó, líder da tribo dos Coremas. Os indígenas retiravam da natureza tudo de que precisavam: caça, frutos, raízes e sementes para o alimento; madeira, palha, pedra para utensílios e habitações. Mas isso não significa que tinham uma vida fácil. Na época em que não chovia tornava-se difícil encontrar caça, frutos e água, até para beber. Sobreviver era uma luta diária, mesmo antes da grande invasão dos colonizadores.

Era uma vez um grande potentado que havia fincado suas raízes em terras já tomadas de outros indígenas, nos arredores de São Salvador, no estado da Bahia. Esses invasores erigiram na praia de Tatuapara uma morada fortificada, conhecida como Casa da Torre. De lá, fortemente armados, comandaram o extermínio de indígenas que resistiram ferozmente, defendendo as terras onde viviam. Houve muitas guerras, os invasores tiveram sérias baixas. Mas sempre podiam arregimentar mais homens para unirem-se às suas fileiras, graças ao seu poderio político e econômico. Tinham também alimentos e outros víveres estocados, enquanto os indígenas precisavam guerrear, procurar alimentos e defender suas mulheres e crianças, tudo a um só tempo.

O primeiro senhor da Casa da Torre chamava-se Garcia D'Ávila. Ambicioso e truculento, Garcia não se contentou com as quatorze léguas de terra recebidas em sesmaria, as quais se estendiam de Itapoã a Tatuapara, lugar onde fincara sua fortificada moradia. Queria mais, muito mais. E lançou seu olhar de cobiça para as terras do grande sertão, seguindo o "rastro" do rio São Francisco. Como um dragão de língua de fogo e garras afiadas, Garcia D'Ávila, seguido por seus descendentes e agregados, foram adentrando nas terras do sertão, sob o escudo protetor do governo português, provedor de tropas e munição, que alimentavam seu poder de fogo contra os povos indígenas.

Em sua marcha destruidora, o "grande dragão" acabou por alcançar as terras do vale onde viviam as tribos dos Coremas e Panatis. Houve batalhas encarniçadas, com enormes perdas para os dois lados. Tratados e armistícios descumpridos pelos invasores. A bravura dessas tribos retardou em muitos anos o domínio da região pelos enviados da Casa da Torre.

O cacique Piancó e seus guerreiros lutaram até as últimas forças. Dizem que seu nome, traduzido para a língua portuguesa, significava terror, pavor. Por fim, os povos indígenas foram escorraçados, e começaram a se instalar as fazendas de gado. Fazendeiros truculentos faziam valer suas próprias leis. Trouxeram filhos, mulheres, escravos, bois, cavalos, tropas de mulas e jagunços. Erigiram casas-grandes e fizeram edificar igrejas em honra aos santos de sua devoção. A população nativa, assim como a escravizada, foi compelida a trocar de crenças e divindades.

Parecia o fim, mas não era. O espírito dos bravos cariris sobreviveu na memória e na história, tanto que o vale onde viviam ficou conhecido como Vale do Piancó. Piancó também nomeia o rio principal e um dos municípios da região. Corema é nome de rio e de município. Muitos outros lugares perpetuaram na memória os nomes dos primeiros donos dessa terra.

As fazendas e currais multiplicavam-se, assim como os rebanhos de bovinos, caprinos e ovinos. Em torno das igrejas surgiram as primeiras vilas. Algumas se tornaram prósperos centros comerciais, famosos por suas feiras. Era o caso das vilas de Piancó (atual Pombal) e de Patos.

As estradas, conhecidas como estradas do gado ou das boiadas, seguiam o curso dos rios e riachos. Precisava-se garantir o acesso à água, para saciar a sede dos bichos e dos homens. O tráfego de boiadeiros e comboieiros era intenso. Transportava-se mercadorias do brejo para o sertão, do sertão para o brejo. Uma viagem longa, porém, exigia paradas estratégicas: para preparar o "de comer", tirar um cochilo, descansar um pouco as montarias e animais de carga. A sombra das árvores frondosas era um convite irrecusável. Juazeiro, timbaúba, angico, aroeira e catingueira eram as preferidas, pois se mantinham verdes mesmo na estação seca.

Não muito longe da vila de Patos havia uma catingueira muito frondosa, à margem da estrada poeirenta que ligava Piancó a Espinharas, região vizinha que também ostentava grande número de fazendas de gado. Naturalmente, a árvore foi virando ponto de parada para os viajantes. Aproveitavam sua generosa sombra para refazer as energias do cansaço das longas travessias. Ali acendiam o fogo sob as trempes, cozinhando em uma só panela arroz, feijão, e assando no braseiro nacos de carne previamente salgada. Durante o pouso, esses viajantes contavam causos, recitavam versos decorados de cabeça ou escutavam de algum raro alfabetizado a leitura de folhetos de cordel. Pediam-se e davam-se informações sobre reses extraviadas e barbatões. Circulavam também notícias sobre crimes e ataques de cangaceiros, acontecimentos bem comuns naquelas terras sem lei.

Em volta dessa árvore começaram a surgir barracas para venda de comida, de bebida, e currais onde se podia prender e alimentar os animais. Não demorou muito para alguns fixarem moradia ali, construindo casas de taipa que logo formaram um pequeno arruado, que passou a ser conhecido como Catingueira.

Em volta do povoado, depois elevado à categoria de vila, situavam-se as fazendas de criar, onde também se plantava cana-de-açúcar, nos brejos próximos aos rios.

Eram extensos latifúndios instalados em terras tomadas dos indígenas à força. Aos sobreviventes cabia viver como agregados, chamados moradores, em um regime muito parecido com o dos escravizados.

A FAZENDA BELA VISTA, CATARINA E O MENINO INÁCIO

Bela Vista era uma das fazendas próximas à povoação de Catinguera. Decerto porque do penedo onde estava encravada se descortinava uma vista deslumbrante, sobretudo na época das chuvas: riachos correndo entre pedregulhos, mata verde pontilhada com o lilás dos ipês e o amarelo-ouro das catingueiras, plantações de cana ondulando ao vento, partidos de milho e de feijão tais quais tapetes verdinhos...

A casa-grande era uma construção não muito alta, cujas paredes largas lhe davam uma aparência atarracada. Numa puxada lateral, à moda de alpendre, repousava o carro de boi, recuperando-se das viagens extenuantes. Havia uma profusão de surrões, cambitos, caçoás, selas, esteiras, e outros apetrechos usados em animais de carga e de montaria. Na "sala de fora" começava um longo corredor, que ia desaguar na cozinha. Nos dois lados dessa passarela, estavam dispostos os dormitórios, separados por meias-paredes e fechados por portas que se abriam aos pares. A mobília era singela: uma ou outra peça importada misturava-se aos rústicos móveis feitos por carpinteiros locais – bancos e mesas de aroeira, tamboretes com tampo de couro, cama de vara e oratório, com os santos de devoção da casa. Na parede pendiam estampas emolduradas do Coração de Jesus e de Maria, ao lado de retratos dos donos da casa.

O alojamento dos escravos ficava perto dos currais e não era propriamente uma senzala. Mas havia, fixadas na parede, argolas de ferro providencialmente dispostas para alguma emergência. O cheiro de terra, do melaço de cana e do esterco dos bois fundiam-se num aroma específico, que se espalhava pelas redondezas.

Na fazenda Bela Vista viveu Catarina, uma negra que diziam ter vindo do reino de Angola. Era alta e tinha porte elegante, destacando-se das demais escravas. Vestia-se com uns panos coloridos que chamavam ainda mais atenção para sua figura. Falava-se à boca miúda que era versada nas artes da mandinga. Vez por outra a acusavam de fazer mandingas para amarração.

Os dotes culinários da escrava conquistaram lugar para ela na casa-grande. Bolos de milho, cuscuz e o preparo do gergelim, que ninguém fazia como ela. Era também perita na arte de fabricar queijos, que ficavam armazenados em uma tábua suspensa na cozinha, para regalo dos senhores da casa e de suas visitas.

Catarina gozava da confiança de Jovina, a dona da casa. A sinhá gostava dos seus serviços e não costumava dar ouvidos aos muitos falatórios:

– Boatos desse povo. Vou falar com Manoel para lhes dar mais serviço, assim não terão tempo para bater boca.

Costumava também gabar as qualidades de Catarina, o que despertava inveja nas mucamas da casa.

– É limpa e asseada, não é confiada como as outras nem se mistura com qualquer um. Sabe se dar valor.

De fato, Catarina não dava bola para os muitos admiradores que tinha. Os escravos da Bela Vista a criticavam

com frequência:
– Pensa que tem o rei na barriga... mas é escrava que nem nós!
– Digo que tem chamego com algum da casa-grande!
– palpitavam outros.
  Após alguns meses na casa-grande, Catarina começou a dar sinais de que pegara bucho. Interrompia o feitio do almoço e corria para o terreiro da cozinha. Ficava a engulhar à sombra de um juazeiro, que servia de poleiro para as galinhas. Os seios saltavam-lhe da blusa, a cintura engrossava a olhos vistos. Logo se tornou impossível disfarçar a gestação. A gravidez da escrava despertou a desconfiança da sinhá, fazendo-a lembrar-se dos falatórios dos demais criados.
– Logo Catarina...
Jovina chamou a escrava a um canto e a inquiriu:
– Pegou bucho de quem? Se nem botavas o pé fora desta casa... Diga, senão te mando pro eito!
Catarina calada estava, calada ficou. Depois de algum tempo, diante da insistência da sinhá, respondeu:
– Coisa minha, sinhá Jovina – disse apenas.
– Pois pegue suas tralhas e vá já para o barracão dos negros. Quero ver botar essa banca por lá. Vai voltar de crista caída e dizer quem lhe emprenhou.
  Catarina juntou suas coisas numa trouxa e foi para o barracão. Entocou os panos num cesto, pegou o facão e rumou para o canavial. Os que cortavam cana olhavam com desdém para Catarina:
– A sinhazinha veio pro eito? Quero ver se essa banca agora não cai...

Desde esse dia, nunca mais Catarina dirigiu palavra a alguém. Pariu seu filho ali mesmo no barracão, com ajuda do velho Quincas, que já tinha ajudado a botar muito menino no mundo. Batizaram-no com o nome cristão de Inácio.

Com o passar do tempo, as suspeitas da sinhá só aumentaram. O menino de Catarina tinha pele bem escura, mas não escura o suficiente para ser filho de negros. Os cabelos escorridos denunciavam a mistura de "sangue branco". A guerra estava decretada. Jovina exigiu de Manoel Luiz que vendesse Catarina para um fazendeiro que morasse bem longe da Bela Vista. E, para piorar o castigo, resolveu separá-la do filho.

– Venda só ela! O menino fica!

Manoel Luiz achou por bem não contrariar a mulher. Aquela lá era valente como só e filha de um dos maiores senhores de engenho do Brejo. Em uma semana Catarina foi vendida. Inácio, ainda molequinho, agarrou-se desesperadamente à saia da mãe, até que ela lhe foi arrancada à força por dois capatazes e amarrada a uma carroça. O menino e sua mãe nunca mais se veriam.

Cresceu ao léu, escapando como podia. Às vezes frequentava o terreiro da casa-grande e brincava com os sinhozinhos, que tinham idade próxima a sua. Nessas folias, cabia a Inácio ser montado por eles quando brincavam de cavalgada. Frequentemente era ludibriado nas corridas, no pega-pega e em outros jogos, sendo tarefa vã protestar.

Quincas, o velhinho que o botara no mundo, era o único que parecia se importar com ele no barracão dos escravos:
– Se achegue aqui, meu menino! – dizia chamando

Inácio para perto de si. – Vou lhe contar uma história de quando nosso povo morava lá na África...
E contava histórias de caçadas, de reis e rainhas, de batalhas que enfrentara com tribos rivais, de leões comedores de gente, feitiços e encantos. Inácio viajava nessas histórias, contadas em voz tão dolente que, por vezes, parecia um canto.

– Todo mundo tem um guia, fio, que olha pra ocê lá em cima. O seu tenho pra mim que é Exu! Você nasceu pra ser andejo, correrá muito chão! – profetizava ele. Às vezes o menino nem ouvia o final da história. Aconchegado no colo do ancião, logo pegava no sono.

Manoel Luiz sempre visitava o barracão, a pretexto de dar ordens ao capataz. Justino estranhava o comportamento do fazendeiro, que antes costumava despachar sentado confortavelmente em sua cadeira de balanço. Nessas ocasiões o fazendeiro sempre dava um agrado a Inácio: um patacão, uma tora de rapadura, um pedaço de queijo coalho... Quincas observava em silêncio. Parecia compartilhar um segredo muito bem guardado. O menino agradecia a Manoel Luiz, pedindo-lhe a benção:

– Benção, sinhô coroné Luiz...

– Que Deus abençoe...

Passaram-se invernos e verões, verões e invernos. Quando o Inácio completou cinco anos, o capataz anunciou:

– Tá na hora de ir pro eito, pegar no pesado! Chega de ficar aqui na moleza, brincando com os fio do patrão. Amanhã, antes do raiar do sol, pegue enxada e foice e vá com os outros para a plantação!

ENTRE JONGOS E REPENTES

Manoel Luiz possuía treze escravos, o que lhe conferia status de fazendeiro de posses. Três mucamas faziam serviços domésticos, e o restante – homem, mulher e menino – trabalhava na roça. Os partidos de cana, ainda que fossem modestos, empregavam grande parte dessa mão de obra. O cultivo de feijão e milho ficava restrito à época das chuvas. Inicialmente o terreno era desmatado. Em seguida, os restos de vegetação eram queimados. Após o plantio, eram necessárias duas ou três limpas para eliminar as ervas daninhas, depois a apanha e a debulha.

O velho Quincas liderava o grupo de escravos que trabalhava na lavoura. Era respeitado por todos. Já perdera a conta dos anos que tinha nas costas e ainda enfrentava todo tipo de trabalho pesado. A lei que libertara os sexagenários da servidão parecia não ter tido eco naqueles rincões da Paraíba. Durante o serviço, era Quincas quem puxava os jongos, úteis para matar o tempo e também para avisar os companheiros da aproximação do feitor Justino. Tiravam versos de desafio caçoando do senhor Manoel Luiz e do feitor Juvêncio, sem que estes se dessem conta:

Tanto pau que tem no mato
Veja a vida como é
Nóis escravo é pau-pereiro
Embaúba é coroné.

Em outras ocasiões, quando apuravam o ouvido e pressentiam a chegada de Juvêncio, alardeavam ligeiro:

Cumbi virô, cumbi virô,
Avisa pro povo
Que o sol já raiô!

Cumbi virô, cumbi virô,
Vá bem depressa
Toca no tambô!

Os que estavam fazendo cera, proseando ou mesmo tirando um cochilo embaixo das touceiras de cana pegavam ligeiro a roçadeira e se danavam a trabalhar. Por mais que Juvêncio tentasse, não conseguia pegar os escravos com a mão na cumbuca. Quando Manoel Luiz reclamava da lentidão do serviço, o capataz justificava-se:
– Aqueles lá são muito ladinos, coroné. Eu apareço de repente na plantação, mas esses demônios parecem adivinhar e se agarram no cabo da enxada.
Manoel Luiz estava insatisfeito. Juvêncio custava-lhe caro e não conseguia controlar os escravos. Os acidentes se repetiam na lavoura: uma faísca qualquer provocava incêndio no canavial, um burro xucro rompia as cercas e devastava o milharal, uma onça suçuarana surrupiava cabeças de ovelha e de cabras.
O fazendeiro estava cabreiro, mas não podia acusar ninguém. Resolveu então tomar uma atitude ousada: dar

um roçado a cada escravo em regime de meia e dispensar os serviços de Juvêncio. Os fazendeiros locais sentiram-se ameaçados e espalharam por aí que Manoel Luiz não estava bom da cachola. Chegaram a procurar o fazendeiro para tentar demovê-lo da ideia. Em vão.

Mas logo a decisão do coronel mostrou-se acertada. Muitos dos que o criticavam passaram a fazer o mesmo. A metade que Manoel Luiz recebia dos escravos era bem superior à produção no antigo regime. E, como por milagre, os "acidentes", antes costumeiros, deixaram de acontecer. Os jongos eram cantados apenas como distração, pois não havia mais a vigilância de Juvêncio nem as tentativas para pegá-los em flagrante.

Inácio foi ficando craque nos desafios de jongo. Logo se revelou um tirador de primeira, inventando ele mesmo seus versos. Quincas ajudou-o a construir um pandeiro com couro e madeira. Os guizos foram feitos com patacas de dois mil réis.

Nos dias de folga ou até mesmo à noite, Inácio disputava improvisos com cantadores locais. Para fazer uma cantoria não se precisava de muito: uma latada ou alpendre, dois bancos para os cantores, dois pratos para recolher as doações da plateia – pois não existia cachê – e bancos para os espectadores se acomodarem. A fama de Inácio foi se espalhando para além de Catingueira. Cantadores das redondezas vinham desafiá-lo em rinhas onde não faltavam espectadores.

As cantorias começaram a render bastante dinheiro, e isso não passou despercebido a Manoel Luiz. O fazendeiro concluiu que Inácio dar-lhe-ia muito mais lucro cantando do que trabalhando na lavoura. E resolveu liberar o escravo para cantar de vila em vila e arrecadar dinheiro para ele. Daria como recompensa um pequeno percentual sobre o apurado. Inácio aceitou a proposta do senhor. Fazer verso era o grande gosto de sua vida. Do roçado ele cuidava nas horas em que não estava cantando.

Após essa negociação, Inácio ampliou seu raio de andanças para bem longe da vila de Catingueira, aumentando cada vez mais sua fama de bom repentista. Cantou com gente de fama como Fabião das Queimadas – um preto que comprara a alforria para si, para a mãe e uma sobrinha com o dinheiro apurado em cantorias – Preto Limão, Ferino de Goes e outros vates da região. Inácio alimentava o sonho de fazer o mesmo que Fabião: comprar sua liberdade e ir em busca de sua mãe Catarina, para torná-la forra.

Manoel Luiz, conhecedor do caso de Fabião, tratava de adiar o sonho de Inácio. Não queria ficar sem a valiosa fonte de renda proporcionada pelo dinheiro das cantorias. Como estratégia, aumentava sempre o valor que havia estipulado pela alforria do escravo-cantador. Inácio sabia que o fazendeiro estava lhe enrolando, mas nada podia fazer. Por consolo, tinha sua arte de cantar. Seu repente ficava cada vez mais afiado, os versos saíam em turbilhão de sua boca, ao som da batida compassada do pandeiro.

O cantador tinha fama de galante e namorador. Ostentava cabelos empastados de brilhantina, usava cavanhaque e bigodinho fino, à moda dos elegantes da época. Montava um cavalo alazão e gostava de vestir-se com roupa de linho branco. Rematando o visual, um lenço encarnado no pescoço. O pandeiro ostentava um laço de fita da mesma cor do lenço. Dizem que enfeitiçava as moças nos lugares por onde passava, a caminho de suas cantorias. Umas acenavam-lhe da janela, agitando lenços à sua passagem. Outras lhe ofereciam um copo de água, um cafezinho. Mas nenhuma dessas fisgara seu coração. Especulava-se que Inácio alimentava algum amor secreto e impossível! Esse era o único motivo plausível para justificar sua solteirice.

O cantador de Catingueira já se batera com grandes nomes do repente, mas faltava enfrentar o maior deles. Tratava-se de Romano da Mãe D'água, conhecido também como Romano Caluete e Romano do Teixeira. Seu Romano, como ele fazia questão de ser chamado, arvorava-se em branco e descendente de família nobre. Na verdade, comentava-se à boca miúda que o famoso cantador de branco tinha pouco: era filho de uma negra liberta com um dos membros da família Caluete, de quem herdara o nome. Romano, no entanto, negava veementemente essas origens e era famoso por fazer versos de deboche quando enfrentava cantadores negros. Tinha uma pequena propriedade e era possuidor de um escravo. Gabava-se frequentemente dos maus tratos dispensados a este. Não costumava aceitar convite para qualquer cantoria, alegando que sua fama só o permitia enfrentar cantador renomado. Inácio, que já se incluía nesse rol, não via a hora de se bater com seu Romano.

A PELEJA COM SEU ROMANO

Conhecedores da fama do cantador de Catingueira, os figurões de Patos trataram de ajustar seu encontro com Romano. O lugar escolhido foi a casa do coronel Firmino Aires, fazendeiro e político de grande prestígio na região. Quando Inácio "riscou" no terreiro, acompanhado por um cortejo de cavaleiros, Romano já se encontrava no alpendre da residência, afinando sua viola. Grande número de espectadores se aboletava fora e dentro da moradia do coronel. A peleja fora divulgada de boca em boca na feira da vila de Patos, e ninguém nas redondezas queria perder o espetáculo.

Inácio desapeou e fez as honras ao dono da casa. Em seguida, acostou-se a um banco de aroeira, tirou seu pandeiro de um saco de chita e logo foi disparando seus versos:

> *Senhores que aqui estão,*
> *Me tirem de um engano:*
> *Me apontem com o dedo*
> *Quem é Francisco Romano*
> *Pois eu ando no seu piso*
> *Já não sei há quantos ano.*

Afinando a sua viola, Romano aproximou-se do banco onde Inácio estava e respondeu incontinente:

> *Senhor, me diga seu nome*
> *Que eu quero ser sabedor*
> *Se é solteiro ou casado*
> *Onde é morador*
> *Se acaso for cativo*
> *Diga quem é seu senhor.*

O público estava entusiasmado. A cantoria prometia ser um grande duelo de repentes. O silêncio era total. Ninguém queria perder uma palavra. Após uma pequena pausa, feita propositalmente nas cantorias para aumentar o suspense, Inácio respondeu a Romano:

> *Eu sou muito conhecido*
> *Aqui por essa ribeira*
> *Esse é o seu criado*
> *Inácio de Catingueira*
> *Aqui na vila de Patos*
> *Compro, vendo e faço feira.*

A plateia aplaudiu dando vivas. As "pratas" começaram a pingar nas bacias dos dois cantadores. Romano não se fez de rogado e retrucou:

> Negro, que andas fazendo
> Aqui nessa freguesia
> Cadê o teu passaporte
> A tua carta de guia
> Se vens fugindo te amarro
> Negro comigo não chia.

A peleja estava esquentando. Inácio versejou:

> Seu Romano, sou cativo
> Trabalho pra meu Sinhô
> Ele sabe quando eu saio
> E sabe pra onde eu vou
> Quando me vê num pagode
> Foi ele quem me mandou.

Romano, surpreso com a revelação de Inácio, comentou:

> Estou ouvindo tua loa
> Mas não posso acreditar
> Que eu também tenho negro
> Mas não mando vadiar
> Quando eu saio a divertir,
> Negro sai pra trabalhar.

Inácio alegou em versos ter Romano apenas um escravo. Depois relatou, deixando o parceiro pasmo, que seu senhor Manoel Luiz tinha muitos escravos, e cada um tinha seu roçado:

Seu Romano inda não viu
O tamanho do meu roçado
Grita-se aqui num aceiro
Ninguém ouve do outro lado
Eu faço coisa dormindo
Que outro não faz acordado,
O que o sinhô faz em pé
Eu mesmo faço sentado.

Romano resolveu mudar um pouco o tom da cantoria e provocou Inácio:

Coitadim de Catingueira
Aonde vei se socar
Dentro de uma mata escura
Onde não pode enxergar
Ele vei por inocente
Não volta sem apanhar.

Inácio retrucou:

Coitadim de seu Romano
Aonde ele vei caí,
Nas unhas de um gavião
Sendo ele um bem-te-vi
Está se vendo apertado
Como peixe no jiqui.

Como em toda boa peleja, não podia faltar uma boa lambança. Cada um contava uma vantagem maior que a do outro. Romano começou, seguido de Inácio:

Romano quando se zanga,
Treme o norte, abala o sul
Solta bomba envenenada
Corisco de fogo azul,
Desmancha nego nos ares
Que cai desfeito em paul.

Pois Inácio quando canta
Cai estrela, a terra treme
O sol esbarra seu curso,
O mar se balança e geme,
Cerca o mundo de fogo
Nada disso o nego teme.

> *Inácio, tu me conheces*
> *Já sabes bem quem eu sou;*
> *Mas quero te prevenir,*
> *Que à Catingueira eu vou*
> *Derrubar o seu castelo*
> *Que nunca se derrubou.*

> *É mais fácil um boi voá*
> *Um cururu ficar belo,*
> *Aruá jogar cacete,*
> *E cobra calçar chinelo*
> *Do que haver valentão*
> *Que derrube meu castelo.*

A cantoria esquentava cada vez mais. O povo não arredava o pé nem para beber água, apesar de o sol a pino anunciar o meio-dia. A torcida de Romano ficou do lado direito, a de Inácio à esquerda. Passava das doze quando o coronel Firmino falou:

– Vamos fazer uma pausa pra comer, minha gente! Saco vazio não se põe de pé! – A multidão se dispersou, com a promessa de voltarem depois da sesta, quando recomeçaria a cantoria. Romano e Inácio eram convidados da casa. O almoço estava servido na mesa grande da sala de jantar. Havia ali grande fartura de comida: cozido de boi, pião, farofa, carneiro assado, fussura de porco, baião de dois, farofa, jerimum, batata-doce. Na cantareira repousavam

dois potes: um com água bem fria e outro com aluá, onde os convivas podiam se servir à vontade. Depois do almoço adoçaram a boca com mel de engenho e fubá de milho. De pança cheia, Inácio e Romano foram tirar um cochilo no alpendre, em redes armadas especialmente para eles. Romano roncava a valer quando Inácio balançou o punho de sua rede:
– Acorda pra apanhar, seu Romano!
Ao que este respondeu bem-humorado:
– Tô vendo que ainda está dormindo Inácio! E sonhando! Pois só em sonho tu podes me bater no repente.
Pegaram pandeiro e viola e recomeçaram a cantoria. O público havia aumentado significativamente, pois os que foram almoçar em casa deram notícias da excelência da peleja, e muita gente que estava em casa foi conferir.

Romano, vendo que não venceria Inácio em temas do cotidiano, resolveu apelar para uns parcos conhecimentos que adquirira nos almanaques guardados pelo velho Caluete: nomes de planetas, deuses da mitologia grega, acidentes geográficos...

"Vou mudar o mote do repente. Inácio agora vai se estrepar, pois é um pobre sem estudo", pensou Romano, e afiando a viola, disparou:

Já faço tu se calar
Não quero articulação
Vamos à geografia
Que chama o povo atenção.
Vê se sabes ou se podes
Me dar uma explicação.

Seu Romano, eu me lembro
Que meu sinhô me dizia
Que o mundo tem cinco parte,
É Ásia e Oceania,
Europa, América e África,
Assim diz a geografia.

Então deves conhecer
Cabos estreitos e mar
Os golfos, as raças todas
Que puderam habitar,
Afina tua memória
Que quero te perguntar.

Houve um breve silêncio. Todos os olhares estavam fixos nos dois cantadores. Romano contava como certa a vitória, pois seu opositor não fazia menção de responder. Então, de repente, Inácio pega o pandeiro e dispara:

> *Não respondo essa pergunta*
> *Não conheço academia,*
> *Vivo só do meu roçado,*
> *Nunca vi uma livraria.*
> *Vá perguntar a um dotô*
> *Que é quem sabe geografia.*

Para frustração de Romano, os aplausos foram ensurdecedores. O povo não se interessava por assuntos maçantes como nomes de golfos, estreitos e cabos. Muitos deles nem sabiam do que se tratava. O próprio coronel Firmino repreendeu o vate por se utilizar de um meio desleal para tentar vencer o duelo:
– Vamos cantar assunto que o povo gosta e entenda! Guarde "sua ciência" para versejar em sua casa, Romano!

Romano disfarçou o descontentamento, e os dois retomaram a cantoria. Dessa vez lançou o tema de adivinhação, para ver se pegava Inácio "na virada":

Inácio, você me diga
Que nunca achei quem dissesse,
Qual é a erva do mato
Que o próprio cego conhece?

Nesse negócio de mato
Sou quase decurião.
Corto o baralho onde quero
Dou carta e jogo de mão;
No mato tem uma erva,
Queima e arde como o cão,
O próprio cego conhece:
É urtiga ou cansanção.

Outra chuva de aplausos estrondou no ambiente. Romano escondeu a decepção e tentou mais uma vez. Escolheu uma pergunta para a qual não havia resposta exata, para ver como Inácio se saía:

Inácio, se és tão sabido
Responda sem estudá,
Qual é o transe na vida
Que mais nos faz apertá
Que até nos tira a alegria,
O jeito de conversá
O sono durante a noite
A vontade de almoçá?

Seu Romano, me parece,
Eu que não sou aprendido,
É quando morre a mulhé,
Ou quando morre o marido,
Nosso pai ou nossa mãe
O nosso filho querido,
Quando chega em nossa porta
Um credor aborrecido.

As respostas de Inácio estavam tirando Romano do sério. Seus próprios partidários começaram a cochichar:
– Seu Romano tá aperreado como caçador no mato sem cachorro!
– Cale a boca e vamos escutar o resto da cantoria! – Gritou alguém.
Já passava da meia-noite e ninguém parecia ter intenção de arredar o pé dali. Romano dedilhou a viola e entoou este verso, sobre coisas impossíveis:

> Tomara achar quem me mostre
> Uma casa sem Maria,
> Mês que não tenha semana
> Uma semana sem dia,
> Altar de igreja sem santo,
> Vigaro sem freguesia,
> Moça nova sem namoro
> E veia sem ser titia.

Inácio não se fez de rogado e respondeu:

> Eu nunca vi filho único
> Que não fosse preguiçoso
> Quem anda com guarda-costa
> Não é valente, é medroso!
> O homem se faz por si
> Ninguém nasce poderoso!
> O pobre fica maluco.
> O rico fica nervoso.

A cantoria esquentava cada vez mais. Não havia consenso quanto ao nome do vencedor: uns tomavam partido de Romano, outros achavam que Inácio cantava melhor. Romano dava sinais de irritação e resolveu mudar o tom da prosa. Talvez porque fosse livre, o cantador do Teixeira bradava aos quatro ventos sua condição de branco, embora estivesse estampada em sua cara a herança de seus antepassados africanos. Então apelou para a condição de cativo de Inácio pensando em humilhá-lo:

> *Com negro não canto mais*
> *Perante a sociedade*
> *Estou dando cabimento*
> *E ele está com liberdade,*
> *Por isso vou me calar,*
> *Mesmo por minha vontade.*

Inácio não demonstrou abatimento nenhum e respondeu incontinente:

> *Essa sua frase agora,*
> *Me deixou admirado*
> *Pois para o senhô ser branco*
> *Seu couro é muito queimado,*
> *Sua cor imita a minha,*
> *Seu cabelo é agastado.*

Ouviram-se estrondosas gargalhadas na plateia, enquanto Romano espumava de raiva. Muitos torcedores seus passaram para o lado de Inácio. Levantando do banco, o cantador do Teixeira lançou sua última cartada, rebatida em seguida por Inácio:

Inácio, vamos parar
Estou com dor de cabeça
Preciso de algum repouso
Antes que o dia amanheça
Estou com cara de sono
Sem ter mais quem me conheça!

Sua doença, seu Romano,
Está muito conhecida
Melhor rasgar o tumor
Antes que vire ferida
O rei por perder o trono
Não deve perder a vida!

As vaias dos partidários de Inácio ressoaram no ambiente. Romano botou sua viola no saco e foi embora, esporeando seu cavalo em busca da serra do Teixeira. Atendendo aos espectadores, Inácio pegou novamente o pandeiro e continuou cantando até que raiou um novo dia.

DE COMO INÁCIO VIROU LENDA NA BOCA DO POVO

A peleja de Inácio e Romano ficou na memória do povo como um acontecimento sem igual. Os que haviam estado presentes se gabavam, contando para os outros sobre o grande acontecimento. Muitos gravaram a peleja na memória, passando a contá-la e cantá-la por aí, sempre aumentando um ponto, como todo bom contador. Outros inventavam versos, atribuíam a autoria ao famoso cantador, e depois os imprimiam em folhetos, pois dessa forma tinham venda certa.

Com o passar do tempo, a história foi virando lenda: muita gente jurava de pé junto que a peleja tinha durado oito dias e oito noites, pois no sertão se costuma citar também as noites. A maioria divulgava a vitória arrasadora de Inácio. Mas havia partidários de Romano que alegavam ter este vencido, pois Inácio não soubera cantar sobre geografia e ciências. Uns dizem que Romano e Inácio viraram grandes amigos. Outros afirmam que o cantador do Teixeira ficou com tanto medo que rodeava caminho para não passar perto de Catingueira. Quando Inácio morreu, cerca de dez anos depois da famosa cantoria, seu nome já estava gravado na boca e na alma do povo. Mas o cantador-rei não conseguiu realizar seu maior sonho: comprar sua alforria e virar homem livre, como Fabião das Queimadas e tantos outros cantadores negros.

Manoel Luiz sempre arranjara um pretexto para adiar o sonho de Inácio. Corria à boca miúda que o cantador era sua maior fonte de renda, pois perdera muito dinheiro e seus negócios estavam em declínio. Muitos se perguntavam por que Inácio não fugia, já que conhecia tantos lugares e meio mundo de gente. O cantador, no entanto, sabia que uma fuga o impediria de continuar cantando. Amava tanto sua arte que preferiu viver cativo a deixar de praticá-la.

Quando Manoel Luiz morreu, o cantador coube em herança a Francisco Fidié, que passou a ser seu proprietário. No inventário, ao lado do seu nome, estava estipulado um valor considerado avultado para um escravo à época: um conto e duzentos mil réis. Fidié, que era genro de Manoel Luiz, vivia com Inácio atravessado na garganta. Recriminava o sogro por tratá-lo, segundo seu parecer, com muita frouxidão. Invejava a popularidade do cantador e sua fama, que se espalhara pelo meio do mundo. Mal podia esconder seu descontentamento quando via Inácio no alpendre da casa-grande, a prosear com os outros como se fosse homem livre. Fez manobras junto aos herdeiros para que o escravo lhe coubesse na partilha de bens. Há muito ansiava por cortar as asas do cantador. O sogro ainda nem tinha esfriado na cova quando Fidié chamou Inácio a um canto e foi logo avisando:

– As coisas mudaram. Não sou como meu sogro, que lhe deixava perambular por aí feito homem livre. A cantoria agora é no cabo da enxada.

Inácio foi cuidar do seu antigo roçado, não mais em regime de meia, mas cumprindo suas funções de escravizado. É provável que tencionasse fugir, como muitos escravos da fazenda o fizeram. Diziam ter muito dinheiro entocado, fruto de sua cota no lucro das cantorias. Além disso, contava com o privilégio de conhecer muitos lugares e gente disposta a lhe ajudar. Não teve tempo, porém. Poucos anos depois, uma pneumonia, causada pela fumaça das queimadas, acabou por ceifar a vida do cantador-rei de Catingueira. A queima dos restos da vegetação após a broca era prática comum entre os agricultores sertanejos. Tinha o propósito de preparar o terreno para o plantio, e fora herdada dos antigos donos das terras do vale do Piancó.

Não fosse Inácio, Manoel Luiz e Francisco Fidié jamais teriam seus nomes citados na história. Seriam esquecidos em duas ou três gerações, antes que virassem "osso branco" no pequeno cemitério de Catingueira. O escravo Inácio, ao contrário, virou lenda, gravando seu nome nas páginas do livro da memória, o único que não corre o risco de envelhecer numa biblioteca à espera de leitores. Um "livro" imortalizado na boca do povo: repetido, reinventado, aumentado, distorcido, mas jamais esquecido. Vivo como água da fonte que brota da serra ou como as folhas verdes com as quais se veste de novo a caatinga a cada estação chuvosa. Um livro-passarinho que saiu da pequena povoação de Catingueira e bateu asas por esse mundão afora, em terras das quais o cantador-rei jamais soube da existência.

Na praça de Catingueira erigiu-se uma estátua em sua homenagem, no lugar onde Inácio teria tido seu descanso final. O povo dessa pequena cidade – homem, mulher e menino – já se acostumou com o vai e vem de gente de fora a perguntar de Inácio: universitários, doutores, jornalistas, pesquisadores, folcloristas, curiosos. Tanto que quando se vê alguém com cara de visitante, logo aparece um catingueirense para contar histórias sobre o filho mais ilustre da cidade.

Dizem que as crianças desse lugar brincam de roda – como todas as outras – mas cantam uma canção de ciranda um pouco diferente. Nas noites de lua, ao lado da estátua do cantador-rei, as vozes infantis entoam um coro assim:

Ciranda cirandinha
Vamos todos cirandar
Vamos dar a volta inteira
Nessa praça vamos dar.

Esta praça é de Inácio
Inácio é de Catingueira
Catingueira é a cidade
Melhor de toda ribeira.

*Inácio fazia versos
E os guizos do seu pandeiro
Na serra faziam eco
Que assombrava o mundo inteiro.*

*Ciranda cirandinha
Vamos todos cirandar
Vamos dar a volta inteira
Nessa praça vamos dar.*

TEXTOS COMPLEMENTARES

REALIDADE X FICÇÃO

Diferentes pesquisadores têm descredenciado manifestações da cultura popular sobreviventes no âmbito da oralidade, reduzindo-as ao terreno da ficção. Neste contexto, o alvo principal são as pelejas registradas em folhetos, como a de Inácio com Romano, de Pinto com Severino Milanez, do cego Aderaldo com Zé Pretinho do Tucum, de Zé Limeira e tantas outras.

Na obra *Inácio da Catingueira*, o padre Manoel Otaviano cita uma contenda entre os folcloristas Pedro Batista e Valdomiro Lobo, o primeiro negando e o segundo defendendo a existência da peleja entre Inácio e Romano. Em resposta aos argumentos do segundo, Manoel Otaviano (1949, p.13) afirma que "o debate entre os dois vates sertanejos é um fato inconteste". Argumenta o clérigo que "vivem ainda muitos dos que assistiram a esse memorável desafio" citando entre os tais o octogenário capitão Cristiano Aires (nascido em Catingueira), Joaquim Pires Lustosa, Chico Coxo (casado com uma sobrinha de Inácio) e o ex-escravizado João do Curtume, que trabalhou ao lado do cantor na fazenda Bela Vista.

Desde as últimas décadas do século XX, os estudos culturais têm fornecido novos modelos que possibilitam uma abordagem plural dessas manifestações, considerando a relação ambígua entre realidade e ficção, História e Literatura. No terreno movediço da oralidade, cabe-nos mover-nos lentamente e com cuidado, atentos aos mínimos sinais que podem fornecer pistas valiosas. As pelejas de cantoria, como manifestações da cultura oral, merecem tal atenção e tratamento. Até a disseminação do uso de tecnologias para gravação de voz, os métodos de registro utilizados nas cantorias eram totalmente informais. Espectadores de boa memória – e havia muitos – decoravam trechos de sua preferência que iam sendo repetidos de boca em boca, de geração a geração: em casa, na sesta, nas conversas de bodega, paradas de comboio, feiras, cantorias de menor porte e outros lugares de socialização. A partir do final do século XIX, a atuação de folcloristas e de folheteiros deu origem aos primeiros registros impressos. Para os últimos, era um grande filão a ser explorado, pois livretos que reproduziam pelejas famosas tinham sucesso garantido junto ao público. Os trechos eram colhidos de pessoas que os haviam decorado, e montados num processo semelhante ao de recuperação de uma peça arqueológica, recriando as partes que faltavam. Na remontagem entrava em ação a criatividade do folheteiro, via de regra também cordelista ou repentista. Os primeiros registros escritos da referida peleja foram realizados pelos cantadores Ugolino Nunes, Silvino Pirauá e pelo poeta de bancada (cordelista) Leandro Gomes de Barros. Alguns dos pesquisadores citados como referência entrevistaram pessoas que sabiam de cor estrofes, entre elas o violeiro Sebastião Cândido de Sousa, conhecido como Azulão. Os versos sofriam modificações à medida que iam sendo registrados: trocavam-se palavras, substituíam-se expressões em desuso, até mesmo se inventavam versos novos atribuindo-lhes a autoria a um cantador já famoso.

Considerando esse cenário, utilizei na escolha das estrofes a serem incorporadas ao texto os critérios de registro coincidente pelo maior número de pesquisadores, descartando as que tinham construção linguística elaborada, ou apresentavam algum tipo de discrepância com os contextos socioculturais da época – sinais evidentes de uma maior interferência ocorrida por ocasião do registro.

As principais fontes para criação deste trabalho foram as obras *Inácio da Catingueira, o gênio escravo* (1979), de Luiz Nunes, e *Inácio da Catingueira, conferência proferida pelo Padre Manoel Otaviano* (1949). O compêndio de Luiz Nunes reúne treze depoimentos de diferentes pesquisadores sobre Inácio, com destaque para Câmara Cascudo, Leonardo Mota, Graciliano Ramos, Chagas Batista, além de Manoel Otaviano. Essa diversidade de fontes me permitiu comparar, cotejar e selecionar estrofes, levando em conta os critérios já citados. O livro de Otaviano foi eleito como fonte privilegiada, por se apoiar em depoimentos de pessoas que teriam convivido com Inácio e presenciado a famosa peleja do cantador com Romano da Mãe D'água.

HISTORICIDADES

Os eventos históricos citados no primeiro e no segundo capítulo têm registros na história da colonização da Paraíba, da ocupação das terras do sertão nordestino pelas fazendas de gado e da resistência dos povos indígenas à invasão das terras onde viviam.

Sobre Catarina, a suposta mãe de Inácio, existem parcos registros. Os personagens Inácio de Catingueira, Romano da Mãe D'água, Firmino Aires, Manoel Luiz e Francisco Fidié são reais. Algumas das tramas em que estão envolvidos, porém, pertencem ao plano ficcional. Diferentes pesquisadores apontam 1845 como o ano de nascimento de Inácio. Quanto ao ano de sua morte, há divergências entre os anos de 1879, 1881 e 1882. O único registro conhecido sobre Catarina é a notícia publicada pelo jornal paraibano *O Comércio*, edição de agosto de 1902 (Nunes, p. 24), sobre o batismo de uma anciã chamada Catarina, que teria confessado ser mãe do cantador.

O coronel Firmino Aires Albano da Costa foi um dos pioneiros de Catingueira, tendo sido um dos responsáveis pela construção da capela em torno da qual surgiu a vila. Em 1886, foi conduzido à Assembleia Legislativa da província da Paraíba. A casa de sua propriedade, onde, segundo Manoel Otaviano (1945, p.15), realizou-se a peleja entre Inácio e Romano, no ano de 1874, ainda está de pé. Alguns de seus descendentes, jovens à época, declararam ao mesmo autor (1945, p.13) terem testemunhado o evento.

Manoel Luiz era proprietário da fazenda Bela Vista e de um lote considerável de cativos, entre eles Inácio. Na partilha de seus bens consta o escravizado Inácio, cuja propriedade passou para Luiz Fidié, casado com uma de suas filhas.

Romano da Mãe D'Água (1840-1891), também conhecido como Romano Caluete e Romano do Teixeira, nasceu e viveu no povoado de Saco da Mãe D'Água, no município de Teixeira, Paraíba. Apesar da tão decantada cor branca, pesquisas genealógicas dão conta de que Romano era mestiço, filho de um dos membros da família Caluete com uma negra liberta.

CANTADORES NEGROS

No esteio do cientificismo, os esforços nacionalistas para "branquear" a população brasileira estenderam-se às manifestações culturais. Muitos dos pesquisadores e folcloristas que atuaram no século XIX e na primeira metade do século XX elegeram o sertão como um espaço privilegiado da cultura nacional, ao mesmo tempo em que tratavam de articular as manifestações ali existentes às tradições europeias, notadamente aos modelos gregos e ibéricos. A contribuição dos povos indígenas e africanos foi relegada ao terreno do bizarro, alvo de preconceitos e estereótipos.

Com a cantoria não foi diferente. A despeito do grande número de negros e mestiços entre os pioneiros cantadores repentistas, a influência africana na arte do improviso tem sido sistematicamente ignorada, como podemos ver nesse texto de Câmara Cascudo em *Vaqueiros e Cantadores*:

"Que é o cantador? É o descendente dos Aedos da Grécia, do rapsodo ambulante dos helenos, do glee-man anglo-saxão, dos moganis e metris árabes, do velálica da Índia, das runoias da Finlândia, dos bardos armoricanos, dos escaldos da Escandinávia, dos menestréis, trovadores, mestres-cantadores da Idade Média (1987, p.126)".

Incoerentemente, enquanto omite a influência da cultura africana, o autor, na mesma obra, dedica um capítulo ao tema "o negro na cantoria do nordeste". Cita nomes de relevância, a começar pelo de Inácio de Catingueira, seguidos do Preto Limão, Manoel Caetano, Azulão, Daniel Ribeiro e Fabião das Queimadas. A presença do negro, segundo esse autor, estaria restrita à etnia dos cantadores e aos temas abordados nas cantorias, nunca à influência de culturas africanas na arte do repente. Além dos assumidamente negros (em geral cativos), existiam cantadores mestiços (em geral livres), que negavam essa condição de forma recorrente, arvoravam-se de brancos, assunto abordado em muitas cantorias, inclusive na de Inácio e Romano.

Nas últimas décadas, as revisões provocadas pelos novos estudos culturais trouxeram à tona informações reveladoras, que nos permitem estimar a dimensão da influência de culturas africanas na arte do repente e da cantoria. Robert Slenes, em *Malungu ngoma vem! África coberta e descoberta no Brasil*, cita as anotações de Stanley Stein sobre os desafios de jongo: "o mestre cantor de uma turma começaria com o primeiro verso (...). Sua turma repetiria em coro a segunda linha do verso, para depois trabalhar ritmicamente enquanto o cantor da turma vizinha tentava decifrar (desafiar) o enigma apresentado" (1991-92, p. 62). Os jongos, segundo Slenes e outros pesquisadores, estão na raiz do lundu, da chula, das cantigas de samba de roda. Nas cantorias, também chamadas de pelejas, os desafios e enigmas são recorrentes. Outra marca africana é apontada no rojão, também chamado de baião, execução instrumental feita antes e depois de cada canto e nas pausas entre um verso e outro.

CANTADORES "DE GANHO"

A cantoria como atividade "de ganho", que consiste na realização de ofício por escravizados, a mando do senhor, mediante o ganho de um pequeno percentual, é outro tema ainda não devidamente explorado. Essa questão é levantada por vários biógrafos de Inácio de Catingueira e ratificada pelos versos atribuídos ao cantador: "Seu Romano sou cativo/Trabalho pra meu sinhô/Ele sabe quando eu saio/E sabe pra onde eu vou/Quando me vê num pagode/ Foi ele quem me mandou."

Em muitos casos, não no de Inácio, o ganho acumulado pelos escravizados lhes permitia comprar a alforria para si próprio e até para familiares. Segundo Luiz Nunes (1979, p. 28), o cantador negro Fabião Hermenegildo Pereira da Rocha, o Fabião das Queimadas, contemporâneo de Inácio, conseguiu esse intento. Comprou, com o ganho de cantorias, não só a sua alforria, mas a da mãe e de uma sobrinha. O cantador teria feito estes versos para celebrar a conquista: "Quando forrei minha mãe/A lua nasceu mais cedo/Pra alumiar o caminho/De quem deixou o degredo".

Vale ressaltar que quase a totalidade dos biógrafos e pesquisadores credita o fato de Inácio poder participar de cantorias à benesse do seu proprietário, e não à atividade de ganho exercida por este. Com o passar do tempo a presença de cantadores negros foi diminuindo. Na atualidade, os negros são uma minoria entre os que exercem essa profissão.

MODALIDADES DE CANTORIA

Francisco Linhares e Otacílio Batista, repentistas renomados e pesquisadores, apontam a quadra, a décima, a sextilha e o decassílabo com rimas cruzadas como as modalidades (esquemas de rimas) mais usadas pelos cantadores. No entanto, se forem incluídas as de pouca utilização e as em desuso, advertem os poetas, a soma atinge cerca de trinta e seis modalidades.

Segundo Linhares e Batista (2012, *on-line*), antes da peleja de Romano da Mãe D'água com Inácio de Catingueira, o estilo mais comum era a quadra. Após esse evento, a sextilha se popularizou entre os violeiros, assim como as modalidades conhecidas como sete linhas, moirões (de sete pés; que você cai; voltado), décimas e martelo agalopado. Entre as menos utilizadas temos galope à beira-mar; parcela; quadrões; quadrão trocado; gabinete; toada alagoana; meia quadra; dez pés de queixo caído; gemedeira; ligeira.

A CANTORIA HOJE

Apesar de esboçar um tímido processo de revitalização, a cantoria ou repente é hoje um patrimônio cultural ameaçado, pois o processo de transmissão não garante a difusão dessa arte às gerações futuras. Poucos são os repentistas com menos de 40 anos e devido à atual conjuntura, sobretudo nos grandes centros urbanos, é difícil o acesso aos detentores desses saberes. As cantorias raramente são realizadas de modo informal. Pelejas como a de Inácio e Romano e as milhares que aconteceram por esse sertão afora ficaram no passado e merecem registro para que se deem a conhecer pelas novas gerações. Os artistas apresentam-se em festivais de violeiros, programas de televisão e outros eventos culturais e recebem cachê em vez de contribuições espontâneas. Fora desses contextos, muito raramente se pode apreciar a performance de cantadores na feira. As cantorias costumam ser gravadas em CD ou DVD e posteriormente vendidas pelos próprios artistas, por ocasião de suas apresentações.

OBRAS CONSULTADAS

BATISTA, Chagas. *Cantadores e poetas populares*. João Pessoa: Popular Editora, 1929. In: NUNES, Luiz. *Inácio da Catingueira – o gênio escravo*. João Pessoa: Secretaria de Educação e Cultura do Estado da Paraíba – Diretoria Geral de Cultura, 1979.
CARVALHO, Rodrigues. *Cancioneiro do norte*. Rio de Janeiro: Ministério da Educação e Cultura – Instituto Nacional do Livro, 1967.
CASCUDO, Luís da Câmara. *Cinco livros do povo*. Rio de Janeiro: José Olympio, 1953.
_____. *Vaqueiros e cantadores*. Belo Horizonte: Itatiaia, 1984.
MOTA, Leonardo. *Violeiros do norte*. Brasília: Cátedra INL, 1976.
_____. *Cantadores*. Fortaleza: Imprensa Universitária do Ceará, 1978.
MELO, Veríssimo de. *Cantador de Viola*. Recife: Coleção Concórdia, 1961.
NUNES, Luiz. *Inácio da Catingueira – o gênio escravo*. João Pessoa: Secretaria de Educação e Cultura do Estado da Paraíba – Diretoria Geral de Cultura, 1979.
OTAVIANO, Padre Manoel. *Inácio da Catingueira*. Rio de Janeiro: Edição do Autor, 1949.
RAMOS, Graciliano. *Viventes das Alagoas*. Rio de Janeiro: Martins Fontes, 1976.
SLENES, Robert W. "Malunga ngoma vem! África coberta e descoberta no Brasil". *Revista USP*, São Paulo, número 12. Jan.-mar. 1991-92.
SOLER, Luis. *Origens árabes no folclore do sertão brasileiro*. Florianópolis: EDUFSC, 1995.

ARLENE HOLANDA

Nasci na última quarta-feira do mês de outubro, numa comunidade rural chamada Córrego de Areia, em Limoeiro do Norte, no Ceará. Convivi durante minha infância com o universo sertanejo: seus falares, costumes, ofícios, num cenário em que tradição e modernidade travavam uma verdadeira batalha pelas identidades, em suas permanências e mudanças. Posso dizer que fui imensamente privilegiada por assistir, na infância e adolescência, a duelos memoráveis de cantadores no terreiro de minha casa. Dimas e Otacílio Batista, Ivanildo Vilanova, Oliveira de Panelas, Antônio Nunes de França, Lourinaldo Venturini, Geraldo Amâncio estão entre os vates que ouvi cantar. Afora os versos de cantadores (menos famosos, mas não menos talentosos) decorados por meu pai e recitados por ele, fazendo cumprir a sina mágica da transmissão de histórias pela tradição oral. Cito ainda as pelejas de grandes cantadores registradas em folhetos e livros, como as de Pinto do Monteiro, Severino Milanês (que também era poeta de bancada), Cego Aderaldo e os atribuídos ao próprio Inácio de Catingueira e Romano da Mãe D'água.

A curiosidade e o gosto por histórias me fez escolher o curso de História. O interesse por educação determinou a escolha da especialização em Ensino de História e História da África. Gosto também de ilustrar, criar objetos e estampas, da mesma forma que de escrever. Especializei-me também em Artes Visuais.

Escrevo em variados gêneros e estilos literários. Tenho cerca de cinquenta livros publicados, entre literatura (adulta, infantil e juvenil), didáticos e obras complementares.

Ganhei vários editais e prêmios: da Fundação Nacional do Livro Infantil e Juvenil – FNLIJ, Ministério da Cultura, Secretaria de Cultura do Estado do Ceará e Secretaria de Cultura de Fortaleza.

ALEXANDRE TELES

Sou desenhista e artista gráfico. Ilustrei muitos livros, entre eles *Uma história e mais outra e mais outra*, de Jorge Miguel Marinho e *Um pau-de-arara para Brasília*, de João Bosco Bezerra Bonfim, ambos publicados pela Editora Biruta. É possível conhecer melhor o meu trabalho no blogue: aleteles.wordpress.com/tag/alexandre-teles/